MÉMOIRE

ADRESSÉ

A SA MAJESTÉ NAPOLÉON III,

SUR UN PROJET D'INSTITUTION

DES NÉOTHERMES DU PRINCE IMPÉRIAL,

EN FAVEUR DES OUVRIERS, DES MILITAIRES ET DES MARINS,

1° Dans l'intérieur de la France et de l'Algérie; 2° sur notre littoral de l'Océan et de la Méditerranée ;

PAR M. Maximilien LALLOUR,

DOCTEUR EN MÉDECINE ET DOCTEUR EN CHIRURGIE DE LA FACULTÉ DE PARIS,

EX-CHIRURGIEN MAJOR DE LA MARINE IMPÉRIALE,

Ex-Médecin sanitaire, chargé en chef des plus nombreuses évacuations des malades et blessés de l'armée d'Orient, de Constantinople à Marseille ;

CHIRURGIEN DE L'HOTEL-DIEU DE BELLEVILLE-SUR-SAONE (RHONE).

MACON,

IMPRIMERIE D'ÉMILE PROTAT.

1862.

MÉMOIRE

ADRESSÉ

A SA MAJESTÉ NAPOLÉON III,

SUR UN PROJET D'INSTITUTION

DES NÉOTHERMES DU PRINCE IMPÉRIAL,

EN FAVEUR DES OUVRIERS, DES MILITAIRES ET DES MARINS,

1o Dans l'intérieur de la France et de l'Algérie; 2° sur notre littoral de l'Océan et de la Méditerranée;

PAR M. MAXIMILIEN LALLOUR,

DOCTEUR EN MÉDECINE ET DOCTEUR EN CHIRURGIE DE LA FACULTÉ DE PARIS,

EX-CHIRURGIEN MAJOR DE LA MARINE IMPÉRIALE,

Ex-Médecin sanitaire, chargé en chef des plus nombreuses évacuations des malades et blessés de l'armée d'Orient, de Constantinople à Marseille ;

CHIRURGIEN DE L'HOTEL-DIEU DE BELLEVILLE-SUR-SAONE (RHONE).

MACON,

IMPRIMERIE D'ÉMILE PROTAT.

—

1862.

SIRE ,

La grande bienveillance avec laquelle Votre Majesté daigna recevoir, il y a dix ans , le Mémoire que nous eûmes l'honneur de lui adresser sur l'avenir de la Marine française dans l'Océan Pacifique, le vif intérêt que voulut bien nous témoigner à ce sujet Son Excellence Monsieur le Ministre de la marine et des colonies en acceptant les conclusions de ce travail , nous encouragent à venir en ce moment soumettre à la haute appréciation du gouvernement de l'Empereur quelques considérations sur un projet d'institution capable de régénérer les populations affaiblies de nos villes et de nos campagnes , de relever progressivement les forces et la taille de nos ouvriers comme de nos soldats , d'improviser sur notre littoral de l'Océan , de la Méditerranée et de l'Algérie une vaste pépinière de mousses et de matelots dans laquelle la France pourrait désormais puiser à pleines mains , tant pour les besoins de son commerce , aujourd'hui délivré de ses entraves , que pour le service de ses flottes si redoutables , appelées dans un avenir prochain à reconquérir l'empire des mers. Nous appellerons cette Institution *Société des Néothermes du Prince impérial* pour les ouvriers , les militaires et les marins , et nous la placerons immédiatement sous l'auguste patronage de Sa Majesté l'Impératrice des Français.

Mais , avant d'aller plus loin , qu'il nous soit permis , Sire , de jeter ici un regard rétrospectif sur l'immense synthèse résolue si glorieusement par votre gouvernement depuis le jour où la France vous a contemplé avec orgueil entrer Empereur au palais des Tuileries.

Au milieu des changements merveilleux , des progrès immenses accomplis sous nos yeux depuis cette époque , et qui inaugurent , de toute part , une ère de paix et de gloire pour l'Empire , quelle heureuse influence , quelle généreuse initiative Votre Majesté n'a-t-elle pas déployées dans toutes les circonstances où l'humanité souffrante a été en jeu partout où il a existé et où il existe encore une misère à soulager, une infortune à relever.

Dans ce mouvement remarquable qui entraîne aujourd'hui la Société vers la régénération la plus radicale et la plus permanente des classes dites laborieuses, entre tous et par dessus tous, Votre gouvernement est venu se placer à la tête de cette croisade civilisatrice. Avec l'activité, la spontanéité, l'énergie qui caractérisent ses moindres actes, il accueille et développe chaque jour toutes les institutions, toutes les mesures qui peuvent amener une amélioration dans l'existence de l'ouvrier comme du soldat, du laboureur et du vigneron comme de l'homme de mer.

Dans moins de dix ans ont été créés : crèches , salles d'asile , hôpitaux pour les enfants , maisons de refuge pour les convalescents , asiles de Vincennes et du Vésinet , orphelinats , dispensaires , assistance aux eaux thermales , sociétés de secours et de prévoyance , caisses de retraite , secours à domicile , Société du Prince Impérial , institutions toutes frappées au coin de l'utilité publique, toutes mesures fécondes en résultats immédiats, toutes institutions et mesures créées ou développées dans la même pensée humanitaire. Il semble vraiment qu'un long siècle s'est écoulé depuis.

Il y avait longtemps, Sire, que l'on parlait d'améliorer le sort des classes laborieuses, celui non moins pénible souvent des militaires et des marins, et de travailler à leur bien-être. Ce thème, reproduit mille fois, développé de mille manières, n'avait été le plus souvent qu'un prétexte à des utopies dangereuses, à des renversements de ministères ou à des déclamations sonores. Il appartenait à un gouvernement issu du libre choix de la Nation de le faire descendre des vagues régions de la théorie aux applications plus immédiates et plus utiles de la pratique.

Les ministres, les grands corps de l'Etat, les hommes de science et de génie qui entourent le trône de Votre Majesté, ont tous rivalisé d'énergie et de constance pour seconder les intentions souveraines en réalisant les réformes les plus légitimes et les plus populaires. Jamais époque, disons-le avec orgueil, nous surtout qui étions à Taïti lors des affaires Pritchard, et qui nous promenions (en octobre 1855), à neuf années de là, sur les cendres de la tour Malakoff, jamais époque n'a été plus féconde en gloire, en institutions philanthropiques; jamais nos populations travailleuses n'ont été l'objet de plus de sollicitude; jamais notre pavillon n'a flotté avec plus de fierté sur tous les points du globe; jamais enfin le soldat et l'homme de mer n'ont été ni plus heureux ni plus libres.

Mais, hâtons-nous aussi de le proclamer, jamais souverain n'a pu compter sur plus d'affection, sur plus de dévouement sincères, non-seulement de la part de ses troupes de terre et de mer, qu'il commande lui-même aujourd'hui, mais encore de la part de toutes les populations des villes et des campagnes de la France et de l'Algérie, où il reçoit chaque jour les ovations les plus franches et les plus énergiques, et dont le récent voyage d'Auvergne ne peut donner une preuve nouvelle ni plus éclatante ni plus vraie!

Sous l'impulsion de votre pouvoir populaire, partout en France et en Algérie les cités se transforment comme par enchantement, les rues et les quais s'élargissent, les ports et les bassins flottants se creusent et se multiplient; là où le soleil n'avait jamais pénétré resplendit la lumière, l'air et la salubrité entrent dans les plus humbles demeures; il est permis enfin au pauvre et à l'ouvrier, s'il a quelque souci de son bien-être, de reposer sous un toit assaini ses membres fatigués.

Si le travail est toujours la condition de l'existence pour le plus grand nombre, cette existence, du moins, les progrès du bien-être l'ont rendue plus facile et plus douce. Que l'on compare, par exemple, sous le rapport de l'alimentation, du logement, du vêtement, la condition des ouvriers de 1862 avec celle des ouvriers à des époques encore peu éloignées de nous, et qu'on juge des transformations heureuses qui se sont opérées sous nos yeux depuis ces dix années.

Est-ce à dire qu'il ne reste plus rien à faire? Loin de penser ainsi, Votre Majesté a pu dire elle-même dans une circonstance solennelle : « *Le bien-être de ceux qui travaillent est loin d'être arrivé à son complet développement.* »

A tout ce que Votre Majesté a fait jusqu'ici en faveur de l'ouvrier comme du soldat, du marin comme des classes laborieuses, à tout ce que votre cœur et votre génie leur ménagent encore pour l'avenir, qu'il nous soit permis de demander ici un bienfait pour tous et d'appeler un moment la bienveillante attention de l'Empereur sur un des *desiderata* des temps modernes à l'endroit de la santé de ces populations de nos villes et de nos campagnes décimées du berceau jusqu'à la tombe par les endémies les plus meurtrières, et qui chaque jour tendent à dégénérer de plus en plus les tempéraments et les races. Oui, Sire, nous pensons qu'il resterait aujourd'hui à créer une institution féconde en résultats immédiats et durables, véritable intermédiaire entre l'hôpital et l'asile, dont le but serait de refaire les constitutions, de prévenir les maladies au lieu de les guérir, et que nous avons appelés plus haut *Néothermes du Prince impérial en faveur des ouvriers, des militaires et des marins.*

D'immenses ressources, des garanties parfaites ont été créées jusqu'ici pour nos hôpitaux et nos hospices; nous demanderions aujourd'hui que l'assistance publique se joignît à la Société du Prince impérial et à tous les souscripteurs, dont nous parlerons bientôt, pour fonder l'Institution des Néothermes du Prince impérial, chargée de créer sur toute l'étendue de la France et de l'Algérie ces établissements sanitaires de l'intérieur et du littoral, où viendraient à un moment donné puiser des forces nouvelles ou refondre leur constitution, cette immense série d'enfants, d'adolescents, de conscrits et d'inscrits, de femmes, de vieillards encore verts, qui ne sont ni malades ni bien portants, mais dont les tempéraments, trop faibles de naissance, dégénérés, épuisés par les maladies antérieures, le changement de régime et d'habitudes, ou seulement fatigués et surmenés par un travail excessif, n'auraient besoin, pour échapper à l'hôpital et à la misère, que de se *refaire* quelques semaines dans ces établissements sanitaires. Nous demandons que ces Néothermes soient institués, non-seulement dans les villes et les campagnes, mais encore dans les grandes usines, dans les casernes de la guerre et de la marine, où ces mesures d'hygiène supprimeraient les miasmes des chambrées et rendraient chaque jour plus rares ces fléaux si fréquents qui, tels que la fièvre typhoïde, la méningite, la nostalgie, déciment les jeunes gens de la levée qui viennent débuter dans la carrière de la guerre ou de la marine.

Dans tous ces Néothermes, une bonne hygiène, une alimentation saine et abondante et le traitement prophylactique permettraient au plus grand nombre, non-seulement de retrouver des forces, mais même d'aller continuer leurs travaux et leurs services respectifs après quelques semaines de séjour dans nos Etablissements.

Qui ne comprend l'importance, qui n'appelle de tous ses vœux le jour, par exemple, où il sera possible d'être soigné pour une indisposition, un malaise sérieux, sans entrer à l'hôpital ou à l'infirmerie; celui non moins heureux où il sera possible de refondre, à l'aide du traitement marin, la constitution de ces pauvres enfants scrofuleux et rachitiques qui encombrent nos hôpitaux et nos hospices; de maintenir à l'aide de l'hydrothérapie les forces épuisées de ces mères de famille surchargées de labeurs et d'enfants; de régénérer par la balnéologie rationnelle, et à prix réduits, ces populations entières des grandes villes, étiolées, décimées par la *malaria urbana;* de reconstituer par des bains de vapeur résineux, combinés ou non à l'hydrothérapie, ces vieillards encore verts, ces invalides du travail, comme ceux de la marine et de la guerre, qui sont aujourd'hui à la charge de leurs familles, et qui pourraient encore rendre de bons services en recouvrant par ce moyen héroïque l'usage de ces articulations et de ces membres engourdis, paralysés, qui les réduisent aujourd'hui à l'impuissance. Qui n'entrevoit combien, par cette heureuse mesure, le nombre des entrants diminuerait dans nos hôpitaux et nos ambulances comme dans nos hospices. Quelle heureuse révolution serait celle où, après avoir supprimé de fait à l'entrée de nos Etablissements hospitaliers ce mot : *Incurables,* qui rappelle si bien l'inscription désolante écrite par le Dante sur la porte de son Enfer, on voyait un jour briller au fronton de tous les Néothermes du Prince impérial ces consolantes paroles :

Riprendete ogni speranza voi che entrate !

Renaissez à l'espérance, vous qui entrez; venez tous, vous qui supportez le poids du jour et de la chaleur, venez réparer vos forces, retremper votre courage, venez vivre encore de longs jours et de longues années pour le bonheur de vos enfants et de vos familles, pour le service de l'Empereur et de la patrie !

Cette heureuse innovation ne serait, du reste, que la continuation du magnifique programme tracé par Votre Majesté elle-même l'année dernière et qu'elle traduisait par ces éloquentes paroles :

« Si la capitale d'un grand Empire s'honore par ces monuments, qui rappellent la gloire » des armes, attestent le génie des sciences et des arts, elle ne s'honore pas moins par les » institutions qui témoignent d'une sollicitude *incessante pour ceux qui souffrent* et d'un zèle » éclairé pour tous les intérêts généraux de cette immense agglomération, véritable cœur de la » France, qui bat comme elle pour sa gloire et sa prospérité. »

Votre Majesté, Sire, comprend trop bien les besoins et les idées de son époque pour n'avoir pas accordé sa sollicitude à l'appréciation des moyens capables d'apporter un remède sérieux à ce nombre toujours croissant des exemptions militaires pour manque de taille ou faiblesse de constitution, à ce flot toujours montant d'affections générales, déprimantes et dégénératrices qui, telles que le lymphatisme, le goitre, le rachitisme, la syphilis, les scrofules, les tubercules, la pellagre, le crétinisme, etc., tendent chaque jour à abâtardir les races non-seulement des villes et de nos grands centres manufacturiers, mais encore de nos populations rurales.

C'est par milliers que l'on voit aussi, de nos jours, les affections générales connues sous le nom d'anémie et de chlorose, les abaissements utérins, les maladies des centres nerveux : on dirait une espèce d'oïdium qui vient altérer la pulpe cérébrale de l'homme et flétrir l'organe de la pensée. Jamais temps ne fût encore plus propice aux ramollissements du cerveau, aux miellites, aux affections mentales. Votre gouvernement ne s'est pas lassé dans la tâche qu'il s'est imposée d'étudier et de porter remède à tant de causes de mal ! Le vaste champ de l'hygiène, de l'hydrologie, de l'assistance publique, si bien moissonné par les travaux des Rayer, des Mélier, des Tardieu, des Davenne, des Husson et de tant d'autres, laissent à peine quelques idées à glaner dont on ait à faire ressortir les avantages pratiques pour le bien de tous. Quoi qu'il en soit, c'est dans le domaine de la prophylaxie, c'est dans celui de l'hygiène et de l'assistance, de l'hydrologie médicale, sciences dont Votre Majesté n'a cessé de favoriser l'heureux développement, qu'il convient, suivant nous, de puiser encore et de recourir aujourd'hui afin de remédier, s'il en est temps, à tant de causes de dégénérescences des races et refaire, s'il est possible, la santé publique, *ab imis fundamentis*, suivant la belle expression du grand chancelier Bacon.

Tel serait le but que se proposerait d'atteindre la Société des Néothermes du Prince Impérial et auquel elle est sans doute appelée à arriver un jour, si surtout l'Empereur, prenant l'initiative d'une si belle institution, déclarait d'utilité publique dans tout l'Empire l'organisation de cette Société.

Les moyens hygiéniques, disons-le tout de suite, que cette institution aurait à populariser, ne sont pas nouveaux ; leur application seule est nouvelle, et les puissantes ressources qu'ils renferment, bien que parfaitement reconnues et approuvées des médecins, n'ont été pour ainsi dire placées jusqu'ici qu'à la portée des classes aisées ou riches. Il s'agit aujourd'hui de la mettre à la portée du plus grand nombre. Parmi ces médications, nous insisterons particulièrement sur l'hydrothérapie, les bains de vapeur térébenthinés, l'air et le climat marins, l'eau de mer en boisson, le bain de mer ou hydrothérapie marine et les eaux mères de nos salines.

Hâtons-nous de dire que, loin d'oublier ici les eaux minérales, nous voulons, au contraire, qu'elles viennent compléter la masse des bons résultats qu'on est en droit d'attendre des Néothermes du Prince impérial. Mais l'organisation des eaux minérales est complète ; nous n'aurons qu'à lui faire quelques emprunts et à insister pour qu'elles multiplient, s'il est possible, les bienfaits déjà grands de l'assistance à ses principales stations.

Un des motifs qui nous fait le plus espérer en l'avenir de ces Néothermes, c'est le sérieux intérêt que le gouvernement professe pour toutes les questions scientifiques et pratiques relatives à ces eaux ainsi qu'aux bains de mer de la France et de l'Algérie ; jamais, à aucune époque , comme le disait si justement le professeur Tardieu, dans son rapport à l'Académie de médecine, jamais un mouvement plus général et plus marqué n'a attiré l'attention du public , des médecins , de l'autorité elle-même , vers les sources si nombreuses et si variées qui jaillissent sur tous les points de la France et de l'Algérie. Une loi récente, une réglementation nouvelle, attestent tous les jours la sollicitude du gouvernement de l'Empereur.— De son côté, l'exposition britannique actuelle, sous le rapport de nos richesses en hydrologie , se montre fort au-dessus de son aînée de 1855. Notre exhibition spéciale à cet égard tend à y composer un ensemble, un cadre complet, dans lequel viennent prendre leurs places respectives les eaux minérales, les produits naturels ou artificiels qui en dérivent, les modèles et les plans des travaux souterrains et des édifices élevés pour leur exploitation , les appareils et engins de cette exploitation , enfin des ouvrages dont l'ensemble témoigne des progrès les plus récents des connaissances médicales, chimiques et mécaniques en matière d'hydrologie minérale.

C'est à cette exposition que nous viendrons aussi faire nos emprunts pour la création et la fondation de nos Néothermes ; ce sont ces précédents, dernière expression du progrès actuel, qui nous empêcheront de douter de l'avenir de la société et des Néothermes du Prince impérial en faveur de nos ouvriers, de nos militaires et de nos marins.

Nous n'avons pas ici l'intention de donner notre appréciation sur l'organisation ni sur les statuts de la société , sur la manière dont nous comprenons le vaste cadre qu'elle serait appelée à remplir et la part de concours qu'elle serait en droit d'attendre de chacun de nos départements de l'intérieur, de l'agriculture, du commerce et des travaux publics , de la guerre , de la marine et des colonies , notre rôle est infiniment plus modeste : nous ne voulons ici qu'indiquer la lacune que cette société serait appelée à remplir, et provoquer en quelque sorte une enquête sur l'utilité et l'actualité de sa formation. La question à résoudre serait de savoir ce qu'il y aurait de plus opportun à faire, en attendant cette utile création , pour mettre dès aujourd'hui à la portée des classes dites laborieuses, des militaires et des marins , ces médications externes éprouvées dont on obtient chaque jour de si heureux résultats dans les classes élevées , au point de vue de l'hygiène et de la médecine et surtout de la reconstitution des tempéraments , et qui jusqu'ici , comme nous l'avons dit , n'ont pu être mises à la portée de tous , tant à cause de l'élévation du prix de ces médications qu'à cause des déplacements coûteux qu'elles exigent. Ne pourrait-on pas , dès aujourd'hui , commencer à placer ces moyens à la portée du plus grand nombre, soit en organisant des voyages à prix très-réduits sur les chemins de fer, soit en obtenant des autorités compétentes , dans tous les hôpitaux de l'intérieur ou du littoral de la France et de l'Algérie , comme dans ceux des stations thermales , ainsi que dans les hôpitaux particuliers de la guerre et de la marine, des salles spéciales, provisoires, où seraient administrées, à des prix minimes, les médications suivantes sur lesquelles nous allons donner quelques indications sommaires, et qui sont , en dehors des eaux thermales dont nous n'avons pas à nous occuper ici : 1° l'hydrothérapie ; 2° les bains de vapeur térébenthinés , combinés ou non avec l'hydrothérapie ; 3° la médication marine, comprenant l'air marin, l'hydrothérapie marine, l'eau de mer à l'intérieur , comme boisson , ainsi que les bains tièdes avec les eaux mères de nos salines.

§ I. — DE L'HYDROTHÉRAPIE.

La médication la plus facile, la moins douloureuse, la plus sûre, la plus efficace, celle dont l'agent est le plus commun, le plus répandu, le plus prodigué par la nature, l'eau froide, est à peine connue comme remède de nos populations des villes et des campagnes qui devraient être appelées les premières à jouir de ses vertus et de ses précieux avantages thérapeutiques. Dans nos armées de terre et de mer, l'usage du bain froid n'est guère plus répandu en tant qu'hygiène habituelle. L'histoire ancienne nous montre cependant à ce sujet un glorieux précédent : sous le règne d'Auguste l'eau était la base de la thérapeutique à Rome, l'usage des bains, des lotions, s'était répandu dans toutes les contrées parcourues par les armées romaines, toujours suivies d'une nuée de maçons dont la première occupation était de construire des thermes. Dans ces derniers temps, l'usage médical de l'eau froide a reçu une extension plus grande et plus générale encore, et pendant que l'hydrothérapie moderne fait le tour de l'Allemagne, de la Prusse et de la Russie, qu'elle devient chaque jour plus populaire en Angleterre et en Amérique, en France nous en sommes à compter les applications de cette science. Nous avons dit science, car ce n'est plus de l'empirisme de Priestnitz dont il s'agit ici, mais bien de cette hydrothérapie rationnelle et scientifique basée sur l'expérimentation physiologique et l'observation pathologique de ce moyen thérapeutique enfin, qui constitue le progrès le plus réel, le plus incontesté qui ait été réalisé depuis trente ans, tant en médecine qu'en chirurgie.

L'hydrothérapie a bien pris à Paris un développement remarquable depuis quelques années ; les savants écrits de MM. Fleurye, Paul Vidart, Maccario et autres, ont bien contribué à rendre sa pratique familière dans nos grandes villes et nos grands établissements d'eaux minérales ou de bains de mer. Dans quelques-uns de nos grands hôpitaux on trouve aussi quelques installations de ce genre ; qu'il nous soit même permis de citer ici, à la tête de ces amis du progrès, l'ancien directeur de l'assistance publique, M. Davenne, qu'on trouve chaque jour si bienveillant lorsqu'il s'agit de quelque chose d'utile, de quelque bonne action à accomplir, et qui fit construire à la Pitié ces appareils hydrothérapiques qui obtiennent depuis cette époque de si brillants succès ; mais cet exemple n'est pour ainsi dire qu'une heureuse exception.

A part la capitale et la banlieue, à part quelques grandes villes de province où les établissements thermaux que nous avons cités plus haut, c'est à peine si l'on découvre deux ou trois belles installations à Lyon, Marseille, Bordeaux, Nantes, Dijon, Brioude, Divonne, Boppart-sur-le-Rhin, et cependant à quelles plus nombreuses, à quelles plus importantes indications ne répond-elle pas lorsqu'elle est dirigée, administrée, comme elle doit toujours l'être, par des médecins instruits, par des personnes qui la connaissent.

L'influence exercée par l'eau froide sur le tempérament lymphatique, l'anémie, la chlorose, les déplacements utérins si répandus de nos jours, n'est plus un mystère pour personne. Sans cesse nous sommes appelés à constater ses merveilleux effets dans les fièvres intermittentes, les névralgies, les rhumatismes, les paralysies de nature rhumatismale, voire même quelquefois dans les paralysies des systèmes nerveux, sensitif et moteur ; mais c'est surtout dans les faiblesses de constitution, dans les affections chroniques, et particulièrement comme médication reconstituante et tonique, qu'elle obtient chaque jour les succès les plus éclatants.

Quels bienfaits, par exemple, ne retireraient pas de l'usage du bain froid nos populations du Nord et de l'Ouest de la France, appelées à vivre constamment sous l'influence de l'humidité, au milieu des brouillards, et chez lesquelles se fait toujours sentir le besoin de se ménager des moyens efficaces de réaction contre les dangers de cet état météorologique ? Combien ne serait pas utile et précieux pour ces malheureuses contrées, victimes des affections de poitrine, l'usage prophylactique d'une médication aussi simple, qui met si bien à l'abri des rhumes, accident qui marque si souvent le début de la phthisie pulmonaire ? Quelle médication serait plus utile à la Bresse et aux pays ravagés par les fièvres intermittentes ? Combien grande ne serait pas l'utilité de recourir à ce modificateur pour combattre cette disposition organique si générale de l'enfance, qu'on appelle lymphatisme. C'est, en effet, au berceau surtout qu'il faut prendre l'homme pour le soumettre aux lois d'une hygiène bien entendue, afin de soutenir sa constitution, si elle est bonne ; dans le but de l'améliorer, si elle est mauvaise. Quel traitement prophylactique serait plus efficace à tous ces jeunes conscrits de la guerre et de la marine, décimés par la fièvre typhoïde, dès leur arrivée à la caserne ou à la cayenne ? Quel bienfait immense n'en résulterait-il pas au point de vue de l'hygiène de ces chambrées, foyer continuel de miasmes et de typhus ? Combien, enfin, deviendraient rares parmi ces jeunes miliciens et ces jeunes marins ces épidémies de fièvre typhoïde et de méningitte, que nous avons vues si souvent sévir dans les casernes et les quartiers tant de la guerre que de la marine militaire ?

L'énorme fréquence, dans nos grands centres manufacturiers comme dans les campagnes, des maladies générales du sang, des affections utérines que nous signalions tout à l'heure, des gastralgies, des névroses de toute espèce, deviendrait infiniment plus rare et cesserait bientôt de nous désoler, si la Société des Néothermes du Prince impérial parvenait à introduire un jour dans nos mœurs l'usage de l'hydrothérapie.

§ II. — DES BAINS DE VAPEUR TÉRÉBENTHINÉS, COMBINÉS OU NON AVEC L'HYDROTHÉRAPIE.

Le second moyen thérapeutique dont la Société des Néothermes du Prince impérial aurait à se préoccuper, serait l'établissement des bains de vapeur térébenthinés, appelés aussi bains résineux, qu'on peut administrer tantôt seuls, tantôt combinés au traitement hydrothérapique, suivant les indications.

A Rome, les palestres avaient des bains où les étuves étaient placées à côté du bain froid, le *tepidarium* communiquant avec le *frigidarium*. Sidoine Appolinaire indique ainsi cet usage : « Après le bain brûlant, entrez dans l'eau froide, afin que l'eau, par sa fraîcheur, vous fortifie. » De même, dans nos établissements modèles, voudrions-nous des étuves et placerions-nous la salle des bains de vapeur à côté des douches froides et des piscines.

Tout le monde connaît la ténacité désespérante des rhumatismes, des névralgies, des catarrhes chroniques, fléaux de nos populations travailleuses, comme de nos soldats en campagne, ou de nos marins qui habitent les côtes de la mer du Nord, de la Manche et de la partie nord-ouest des rivages de l'Océan. Elle est telle, que les médications les plus énergiques et les mieux combinées, sans en excepter les eaux minérales, demeurent trop souvent sans effets. Il existe cependant, pour guérir ces affections, une thérapeutique excellente, encore peu répandue malheureusement, mais qui est d'une efficacité incontestable dans les affections que nous venons de citer, et qu'on nomme bains de vapeur térébenthinés.

Depuis plusieurs années, on administre à Die (Drôme) des bains de vapeur térébenthinés, dont l'idée première avait été suggérée par les bûcherons qui fabriquent la poix, sur les hautes montagnes du Glandaz. Ces hommes, qui passent une partie de l'année au milieu des forêts, exposés aux intempéries, sont sujets à contracter des douleurs rhumatismales dont ils se guérissent parfaitement, en se soumettant à l'action des vapeurs qui se dégagent des copeaux dont on extrait la poix. Cette action est secondée par la température très-élevée de leurs fours, espèces de trous amphoriques creusés dans la terre. Ce procédé primitif réclamait d'importantes modifications. Il fallait surtout ménager les moyens de graduer la température à volonté, d'assurer un renouvellement d'air constant, pour compenser la raréfaction causée par le calorique, de donner aux malades un accès facile dans l'étuve, de pouvoir consacrer à chaque baigneur une loge séparée, sans rien perdre de l'abondance et des qualités de vapeur. Le Dr Armand Rey, de Grenoble, est arrivé à construire un appareil réunissant toutes ces conditions. Cet appareil, mentionné honorablement à l'Exposition universelle de 1855, n'est encore établi, que nous sachions, que dans trois départements de la France : à Die (Drôme), à Bouqueron (Isère) et à Serin, près de Lyon. Nous ne doutons pas, cependant, que ces bains ne soient appelés à un grand avenir, car ils sont excellents pour la santé, peu coûteux, très-faciles à établir. Nous sommes témoins, depuis plus de huit ans, de leurs merveilleux effets, et, depuis cette époque, nous sommes parvenus, avec leur secours, à soulager et à guérir des rhumatismes, des névralgies (la sciatique surtout, si générale dans nos climats), des catarrhes de toute espèce qui avaient résisté à toutes les ressources de la thérapeutique.

Il est incontestable aujourd'hui que, de toutes les médications administrées contre les affections rhumatismales et catarrhales, la raideur et la contraction des membres, les affections atoniques chroniques, il n'en est pas de plus facile à supporter, de plus exempte de dangers. Quels avantages n'obtiendrait pas la Société des Néothermes du Prince impérial, si elle parvenait à fonder dans chaque ville, dans chaque grand centre manufacturier, dans chaque caserne importante de la guerre ou de la marine, dans chaque camp permanent, comme Châlons et Sathonay, enfin dans chaque dépôt important un établissement de bains de vapeur térébenthinés.

Les bons effets produits par les bains russes ont donné l'idée de combiner les bains de vapeur térébenthinés avec les différents procédés dont se compose la médication hydrothérapique. Cette heureuse innovation a bientôt été adoptée par la plupart des établissements hydrothérapiques de la France et de l'étranger. Certaines affections rebelles, soit aux bains de vapeur résineux, soit à l'hydrothérapie, pris isolément, résistent bien rarement aux deux médications sagement combinées. C'est surtout chez nos vieux grognards, atteints de sciatiques invétérées, de douleurs contractées dans nos glorieuses guerres; c'est chez nos vieux marins, perclus de rhumatismes et de douleurs, triste apanage de ces campagnes lointaines du cap Horn ou des mers glaciales, que nous voudrions voir se généraliser l'habitude du bain de vapeur térébenthiné. Que de vieillards impotents et à moitié paralysés par les rhumatismes chroniques n'avons-nous pas vu guérir, marcher et travailler, renaître à la vie, et redevenir les soutiens de familles à la charge desquelles ils étaient depuis de longues années, après avoir subi une ou deux saisons de bains de vapeur térébenthinés, combinés à l'hydrothérapie.

§ III. — DU TRAITEMENT PAR LA MER.

Le troisième moyen thérapeutique que la Société des Néothermes du Prince impérial aurait à populariser serait la médication marine ou traitement minéral par la mer, qui comprend : l'inhalation de l'air marin, le bain froid ou hydrothérapie marine, le bain de mer chaud, le bain d'eaux mères des salines, enfin l'eau de mer en boisson.

Lorsqu'on parcourt les différentes parties du globe, que l'on passe la plus grande partie de sa vie, comme nous avons été appelé à le faire, sur le littoral de l'Océan Atlantique ou du Pacifique, sur les rivages de la Méditerranée et de la mer Noire, comme sur les plages les plus lointaines de l'Océanie, on est surpris du merveilleux parti que les peuplades maritimes, même les plus sauvages, savent tirer de la mer, tant comme aliment que comme remède, de l'heureux effet que produit sur leur constitution l'inhalation de l'air marin et l'hydrothérapie marine, ainsi que de la connaissance approfondie qu'ils ont des vertus de l'eau de mer. Les Océaniens, surtout, ne s'y trompent pas ; aussi traduisent-ils son importance par un proverbe dont la justesse nous a souvent frappé, lorsque nous vivions au milieu de ces peuples primitifs : « L'eau de mer, disent-ils, est comme l'essence et la vie du corps. » Jamais expression n'a été plus vraie. La science ne nous apprend-elle pas, en effet, que la composition chimique des eaux qui remplissent l'immense bassin des mers comprend : de l'hydrogène, du carbone, des chlorures de sodium (sel marin), de potassium, de magnésium, de calcium, des sulfates, des carbonates de magnésie et de chaux, du bromure de sodium, de l'iode, du phosphore et du peroxide de fer. Et la chimie, d'un autre côté, ne constate-t-elle pas dans le corps humain de l'oxigène, de l'hydrogène, du carbone, des carbonates, des sulfates et des phosphates de chaux, du chlorure de sodium (sel marin), de l'iode et du sesqui oxide de fer?

Ajoutons que, de toutes les eaux minérales, la plus généralement utile, celle qui contient les principes minéraux les plus abondants et les plus variés qui se retrouvent dans les sources si nombreuses des cinq parties du monde, c'est, sans contredit, l'eau marine.

Si nous remarquons, en effet, que toutes les eaux minérales qui arrivent à la surface libre de la terre, après avoir parcouru les couches de basalte, de porphyre, de granit et les couches sédimentaires, viennent soudre aussi à la surface de la terre couverte par les mers et se mêler à la masse des eaux marines, nous concluerons avec les insulaires de l'Océanie que l'eau de mer doit être regardée comme l'eau minérale par excellence, celle dont l'usage est nécessaire à tous, puisque tous nous avons besoin de prendre directement les principes qu'elle contient pour jouir de la plénitude de notre vie.

Il s'en faut de beaucoup, cependant, qu'en France comme en Europe, on ait tiré tout le parti possible des vertus thérapeutiques de l'eau de mer, en tant qu'eau minérale, puisque l'emploi qu'on en a fait jusqu'à ces derniers temps, le bain froid, n'agissant que par percussion, est le moins judicieux qui puisse être mis en usage. Toutefois, de grands progrès ont été réalisés, de nos jours, dans cette branche de l'hydrologie médicale. D'importantes publications, à la tête desquelles nous placerons celles de notre savant confrère de la marine le Dr Dutrouleau, dont le nom fait autorité tant dans la science, dans l'hydrologie, que dans la médecine navale, d'excellentes publications, disons-nous, ont paru depuis quelques années sur cet important sujet. Le traitement marin a été envisagé sous toutes ses faces ; on a mieux étudié l'air et les climats marins ; le bain de mer est devenu une médication sérieuse, et l'hydrothérapie marine est aujourd'hui scientifique et rationnelle. On ne considère plus la médication marine d'une manière absolue comme moyen uniquement hydrothérapique, mais on reconnaît à l'eau de mer des vertus curatives à l'égal de nos autres agents minéraux, non plus seulement dans son emploi naturel à la température qui lui est propre, mais encore comme bain thermal ou du moins thermalisé.

Ce sont ces progrès que nous voudrions faire tourner aujourd'hui au profit du plus grand nombre, en fondant l'institution des établissements maritimes et des bains de mer pour les ouvriers, les militaires et les marins, et dont nous trouvons quelques rares applications : à Cette, dans la Méditerranée ; au port de Berck, sur les bords de la Manche, ainsi que sur les rivages de la Toscane, en Italie.

Des Bains de mer.

L'usage du bain de mer a pris, depuis quelques années, un si grand développement que, malgré le nombre considérable des bains qui existent sur les côtes de la Manche et de l'Océan, de ceux qui commencent à se développer sur notre littoral de la Méditerranée et sur les plages d'Algérie, chaque année voit naître de nouveaux établissements consacrés à ce besoin. On cite, en ce moment, des bains de mer qui reçoivent un aussi grand nombre de baigneurs que les établissements d'eaux minérales les plus réputés. On évalue à plus de 200,000 le chiffre des personnes qui, tous les étés, se dirigent seulement sur les bords de la Manche et de l'Océan, et la statistique ne parle ni plus ni moins que d'une soixantaine de millions de francs laissés chaque année, en moins de trois mois, dans les hôtels, les casinos et les cabines qui peuplent nos côtes de Dunkerque à Biarritz et de Port-Vendres à Nice.

On sait quelles transformations ont subi, sous cette véritable pluie d'or, les pauvres bourgs, tels qu'Etretat, Trouville, le Tréport, Ambleteuse, le Crotoy, Cabourg-Dives, Luc, Royan, Arcachon, Biarritz, etc.; de misérables cahutes de pêcheurs ont été transformées en belles villas, et, sur des terrains que la spéculation eût refusé la veille à titre de concession gratuite, on a vu le lendemain s'élever de vastes hôtels, de splendides casinos, des palais magnifiques.

Quelle part la classe dite laborieuse et surtout indigente a-t-elle prise à cet entrain vers la mer, que nous sommes si heureux de constater et de voir se développer de plus en plus? Nous sommes malheureusement forcé de répondre aucune, ou du moins presque aucune, car c'est à peine si l'on cite pour la France deux exemples de ces essais généreux, Cette et Berck. Assurément, nous sommes bien loin d'envier les soixante millions que le beau monde jette chaque année sur les plages du Pas-de-Calais, de la Normandie, de la Bretagne, de la Gascogne, du Languedoc ou de la Provence; nous sommes, au contraire, les premiers à applaudir au développement de ces merveilleux hôtels, de ces magnifiques casinos baignés par les flots salés, qui font la fortune et le bien-être de nos compatriotes; mais ce que nous voudrions voir se développer, à côté de ces plages ou sur les plages voisines de celles-ci, seraient des établissements maritimes où toutes les ressources de la thérapeutique marine, bains de mer froids, bains chauds, bains d'eaux mères, seraient mises, à prix réduit, à la disposition des classes pauvres et laborieuses, pour lesquelles un voyage à la mer est impossible, puisqu'il est quelquefois une ruine pour une famille bourgeoise.

Nous ne demandons pour elles ni des établissements garnis d'hôtels confortables dans le voisinage d'un kursaal ou d'un casino; les classes pour lesquelles nous intercédons ici ne mettraient pas en première ligne les plaisirs et les distractions. Guérir en amusant peut être le programme des établissements thermaux fréquentés par la classe riche; mais guérir surtout et avant tout, refaire sa constitution, tel est le but que nous poursuivons pour nos ouvriers. Du reste, la mer est assez belle par elle-même, le séjour de nos grèves est assez pittoresque, assez grandiose pour séduire les malades et les convalescents dont nous parlons. Quoi de plus sublime, nous le demandons, que le spectacle de la Manche ou de l'Océan, vu des dunes du Nord ou des côtes rocheuses de la Bretagne! Quoi de plus gracieux que notre mer bleue de la Méditerranée aux varecks parfumés, aux plages de sable fin et aux riants rivages! Si l'on considère surtout que le beau ciel du Midi peut permettre des bains de mer pendant un été de cinq mois, on comprendra quels avantages nos Néothermes maritimes de la Méditerranée offriraient à toutes ces populations du Lyonnais, de la Savoie et de tout le Midi de la France, que l'on dirigerait avec tant de succès sur ces institutions philanthropiques.

Le réseau de nos chemins de fer, qui tend chaque jour à embrasser le littoral de la France, viendrait à son tour assurer la prospérité et la vogue des Néothermes de la marine, et bientôt serait résolue cette question si importante qui renferme tout entière la régénérescence des races et de la santé publique.

Aujourd'hui, surtout, qu'un élan si fort est donné à l'éducation maritime de la France, aujourd'hui que ce grand peuple commence à comprendre que la mer est aussi bien son domaine que le continent; que ses forces vives doivent s'y porter plus que jamais, que son avenir est là ! quel magnifique parti n'aurait-on pas à tirer de ces établissements sanitaires hospitaliers, où viendraient se régénérer et prendre le goût de la carrière maritime ces flots immenses d'enfants, de jeunes gens, de militaires, de femmes, d'ouvriers, d'indigents, de laboureurs, pour lesquels des installations spéciales seraient organisées sur un excellent pied par la Société des Néothermes du Prince impérial, et sur chacune desquelles nous allons donner quelques indications particulières.

Bains de mer pour l'enfance.

Le traitement marin devrait commencer dès l'âge le plus tendre ; aucun milieu ne pourrait mieux combattre chez ces jeunes enfants les principes morbides, les influences qui pénètrent la vie des grandes villes et de nos centres manufacturiers, comme cette atmosphère mobile, dense, fraîche, pure, riche en oxigène naissant, dégagé en grande abondance par les plantes marines, en chlore, en iode, en brôme, en ozone, charriant, avec d'aromatiques senteurs, une impalpable poussière de sels marins. Le bain de mer chaud d'abord, puis tiède, puis froid ; le bain d'eaux mères ainsi que tous les procédés de l'hydrothérapie marine, le bain à la lame, les promenades en embarcation, l'inhalation constante de l'air marin sur le bord de la mer, telles sont les indications capables de refaire à coup sûr la constitution de l'enfant le plus dégénéré. C'est ici que trouverait enfin une médication *curative* et reconstituante cette multitude innombrable d'enfants scrofuleux, goîtreux, syphilitiques, crétins, rachitiques ou dartreux, fléau chaque jour plus redoutable de notre société comme de nos asiles hospitaliers, et qui, le plus souvent, ne peuvent recevoir que des traitements palliatifs pour ces pénibles infirmités.

Appelés à passer la belle saison au bord de la mer, ils continueraient leur traitement dans les Néothermes de l'intérieur de la France, à l'aide de l'eau de mer administrée en boisson, et des eaux mères, pour bains, transportées à prix réduits par nos chemins de fer, et ne tarderaient pas à guérir et à se trouver en état de rendre bientôt de bons services à l'agriculture, au commerce ou à l'industrie. Une autre grande classe de ces établissements maritimes pourrait recevoir des enfants de six à quatorze ans, que l'on prendrait tant parmi les enfants assistés que parmi les familles pauvres ou nécessiteuses qui en feraient la demande ; ces enfants, tout en suivant un traitement marin, seraient, de plus, initiés au métier de la mer. En face des établissements sanitaires, véritables asiles maritimes, organisés à terre pour leur traitement, seraient mouillés, à quelque distance de là, sur les rades ou dans les ports, des pontons de la marine, véritables corvettes-écoles, à bord desquels les enfants seraient menés chaque jour pour être exercés tantôt à la natation ou à la gymnastique, tantôt à l'étude des manœuvres ou du gréement, au service des embarcations, aux joûtes sur l'eau, aux courses à la voile et à l'aviron, qui forment si bien le mousse qui aspire à être un jour un fin matelot. Placés à bord, sous la bienveillante direction d'anciens officiers retraités et de bons maîtres de la marine, pères de famille, ces enfants ne tarderaient pas à prendre le goût de la mer et à devenir d'excellents mousses, tant pour nos pêches côtières et nos grandes pêches que pour nos équipages de la marine marchande et des flottes de guerre. Ainsi, en quelques années, des milliers d'enfants, qui eussent été condamnés à une existence souffreteuse et misérable, et, de plus, à demeurer toute leur vie la plaie des familles et de l'assistance publique, seraient convertis en excellents mousses, en bons novices et en solides matelots, parfaitement faits au rude métier de la mer.

Nous avions écrit ces notes lorsque nous avons appris que, par les soins de Monsieur Husson, le savant et habile directeur de l'administration de l'Assistance publique, un certain nombre d'enfants scrofuleux des hôpitaux de Paris avaient été installés, en 1860, dans une maison particulière du petit port de Berck, auprès de Montreuil-sur-Mer. L'année suivante on a construit à Berck un édifice pour les enfants malades ; il fonctionne aujourd'hui avec d'excellents résultats. Nous ne saurions qu'applaudir à une tentative aussi généreuse et faire des vœux pour que cette Institution, développée sur la plus vaste échelle et complétée par les installations maritimes dont nous parlions tout à l'heure pour l'instruction nautique et l'éclosion de la vocation maritime, soit généralisée sur l'immense étendue de notre littoral par la Société des Néothermes du Prince impérial.

Bains de mer pour les jeunes soldats des départements de la Guerre et de la Marine.

De tout temps les conseils de révision, et particulièrement depuis les dernières instructions données par Son Excellence le Ministre de la guerre, ont eu plein pouvoir pour exclure des rangs de l'armée les jeunes gens faibles de constitution. Mais la révision ne saurait atteindre ceux qui, avec de bonnes apparences de santé, possèdent une organisation toute prête à se modifier d'une manière fâcheuse sous l'impression d'un régime nouveau. Le lymphatisme, la prédisposition scrofuleuse sont l'état dominant du grand nombre de ces jeunes soldats, de ceux surtout qui proviennent de nos départements du Nord, de nos cités industrielles, ou qui ont vécu, au point de vue du climat, de l'aération, de l'alimentation, dans des conditions hygiéniques insuffisantes.

Dès leur arrivée dans nos casernes ou dans nos cayennes, sous l'influence de l'encombrement des chambrées, de la fatigue des exercices, des exigences du service ou de l'ennui et de la nostalgie, la constitution se détériore, le mal latent se développe, la fièvre typhoïde éclate, d'autres maladies, surtout celles des systèmes osseux et glandulaires, ne tardent pas à survenir. Les ambulances se remplissent, puis les hôpitaux s'encombrent de ces hommes qui succombent vite ou traînent éternellement dans nos salles leurs tristes infirmités jusqu'à ce qu'ils soient réformés par les conseils de santé. Rentrés dans leurs foyers sans force pour gagner leur vie, ankylosés, boiteux ou amputés, ils meurent sans avoir rendu de services à l'agriculture, à l'industrie, à la société. On a également privé l'armée et la marine de sujets jeunes, qui ont coûté beaucoup d'argent et qu'on aurait pu guérir peut-être par la médication spécifique de l'hydrothérapie, des bains de mer, de l'air marin et des bains d'eaux mères de nos salines.

C'est ici que le traitement prophylactique que nous préconisons recevrait d'éclatants succès ; c'est pour ces jeunes gens surtout que nous voudrions voir se créer les établissements sanitaires maritimes qui font le sujet de ce Mémoire. On sait, en effet, quelle action favorable le bain de mer et le séjour au bord de la mer exercent sur de semblables constitutions. Sous leur influence, la santé chancelante renaît, les forces reviennent, le courage est au cœur, et l'homme peut devenir désormais capable d'affronter toutes les fatigues du service et des campagnes, de remplir tous les devoirs du militaire comme du marin. Au point de vue humanitaire, au point de vue même de l'économie du budget (une réduction certaine du chiffre des journées d'hôpital venant en déduction des dépenses minimes d'installation de ces établissements sanitaires maritimes), au point de vue surtout de la force de l'armée et de la marine, quelle immense triomphe remporterait sur ce terrain la Société des Néothermes du Prince impérial.

Bains de mer pour les ouvriers, les indigents et leurs familles.

Depuis sept ans que nous donnons nos soins à des sociétés de secours mutuels, nous ne cessons d'appeler de nos vœux le jour où l'on pourra faire passer dans nos mœurs l'usage des bains froids et des bains de mer, des voyages à la mer à prix réduit, tant en faveur des sociétés de secours mutuels, qui ne comptent pas moins aujourd'hui de 600,000 membres, qu'en faveur des ouvriers pauvres, des indigents et de leurs familles, qui n'ont pas le bonheur de participer aux immenses bénéfices de la mutualité. Pour toutes ces classes d'individus, un voyage à la mer, un séjour de quelques semaines sur les plages de notre littoral, seraient le moyen le plus sûr de voir baisser le chiffre des maladies et de la misère, et d'offrir au plus grand nombre la médication prophylactique et reconstitutive la plus efficace. Sur toutes nos plages se trouveraient des établissements *ad hoc* organisés par la Société des Néothermes, où, moyennant une somme très-modique par jour, toutes ces personnes pourraient être logées et nourries, les unes aux frais des sociétés de secours mutuels, les autres par le budget de l'assistance publique. L'organisation de ces Etablissements sanitaires serait des plus modestes, et les résultats n'en seraient pas moins considérables. Tous les ouvriers, pauvres ou indigents, y seraient admis du 15 mai au 15 octobre pour les côtes de la Méditerranée et le fond du golfe de Gascogne, du 1er juin au 1er octobre pour celles de la Manche et de l'Océan. Les hommes s'y rendraient à une certaine époque de la saison, les femmes dans l'autre. — Depuis 1846 il existe, au port de Cette, une œuvre charitable de ce genre, fondée par une femme de cœur, Madame Armingaud, qui a résolu le problème des bains de mer en faveur des pauvres ouvriers et des indigents, pour les populations avoisinantes de l'Aude, de l'Hérault, de l'Aveyron. La question n'est donc pas en principe aussi difficile qu'on pourrait le penser, et nous espérons bien la voir résolue bientôt par la haute volonté qui décrétera la fondation de nos Néothermes.

A Dieu ne plaise que nous demandions la création de ces Etablissements dans les stations maritimes qui possèdent les faveurs du monde oisif et élégant. La clientèle aristocratique de Dieppe, Boulogne, Trouville, Biarritz, Royan, Arcachon, très-charitable assurément, et toujours prête à souscrire à toutes les œuvres de bienfaisance, ne s'arrangerait peut-être pas du voisinage de nos Etablissements maritimes. Nous ne demandons, du reste, pour elle, comme nous l'avons dit plus haut, ni kursaal, ni casino, mais il nous semble qu'à côté de Dunkerque, Calais, le Hâvre, Caen, Cherbourg, Grandville, Saint-Malô, Saint-Brieuc, Morlaix, Brest, Douarnenez, Concarneau, Lorient, Rochefort, Bayonne, Port-Vendres, Marseille, Toulon, Saint-Tropez, Antibes et Nice, sans compter les côtes de la Corse et de l'Algérie, on pourrait organiser des stations maritimes modestes où les classes laborieuses seraient bien accueillies et pourraient retrouver l'usage de leurs forces, puisqu'il est nettement démontré qu'une saison à la mer, en observant toutes les indications de la médication marine, telle que nous l'avons exposée, peut rendre aux uns la santé, aux autres la force pour le travail.

De l'eau de mer comme boisson.

L'usage de l'eau de mer à l'intérieur était parfaitement connu des anciens. A une époque plus rapprochée de nous, vers le milieu du XVIIIe siècle, son emploi comme boisson était devenu presque général. A aucune époque, nous le pensons du moins, on n'a eu plus besoin de revenir à cette pratique, tant sur les bords de la mer, pour aider au traitement minéral des affections lymphatiques ou scrofuleuses et des maladies infiniment variées qui en dépendent, que pour établir et continuer ce traitement dans les Néothermes de l'intérieur de la France, où la médication marine pourrait être ainsi continuée tout l'hiver. Le peu d'importance que l'on paraît attacher de nos jours à l'usage de l'eau de mer à l'intérieur explique tout d'abord pourquoi le traitement des affections que nous venons de citer ne se continue pas plus généralement au delà de la saison thermale. Cet usage devrait néanmoins être popularisé avec persistance par la Société des Néothermes du Prince impérial, par cette considération que l'administration des chlorures et des bromures, qui constituent essentiellement cette eau, est ici d'une efficacité incontestable. On remarquera, en outre, que l'eau de mer est susceptible, par le déplacement, de beaucoup moins d'altérations que la plupart de celles dont on fait un usage habituel, comme les eaux sulfureuses ou bicarbonatées sodiques (Vichy). Il est vrai que l'eau de mer a un goût quelquefois assez déplaisant ; mais l'huile de foie de morue, dont on abreuve depuis 15 ans la génération actuelle, n'est certainement pas plus agréable au goût, elle est même très-répugnante et très-difficilement supportée par la majorité des personnes qui en font usage. L'huile de foie de morue coûte aussi fort cher, et ne peut être longtemps continuée par les malades pauvres. D'un autre côté, il est facile, sans altérer en aucune façon l'eau de mer, d'y ajouter artificiellement une certaine proportion d'acide carbonique, comme cela s'est déjà fait, ou de la couper avec de l'eau ordinaire, différents breuvages, des sirops, etc. Cette eau, pour l'usage de nos Néothermes, pourrait parfaitement être rendue dans tous les points de la France à des conditions qui permettraient d'en populariser l'emploi, surtout chez les classes laborieuses et nécessiteuses, qui en retireraient de précieux avantages.

Des eaux mères de notre littoral.

Le quatrième moyen thérapeutique que nous voudrions voir se populariser en France, sous l'influence de la Société des Néothermes du Prince impérial, serait les eaux mères des salines de notre littoral.

L'opération par laquelle on extrait le sel laisse après elle un résidu qu'on désigne sous le nom d'eau mère. Ce produit liquide, d'une saveur styptique, d'une odeur de varech, d'une consistance plus ou moins sirupeuse, suivant le mode d'évaporation ou suivant son degré de concentration, renferme tous les principes minéralisateurs de l'eau de mer, mais dans de tout autres proportions ; ainsi, tandis que le pèse-sel de Gay-Lussac accuse deux degrés et demi dans l'eau de mer puisée au rivage, il peut marquer, dans les eaux mères, jusqu'à 30 degrés. En 1846, MM. Trousseau et Lassègue furent les premiers à appeler l'attention des médecins de notre pays sur le puissant moyen thérapeutique dont l'Allemagne avait jusque-là gardé le monopole. Deux ans plus tard, grâce aux belles recherches et aux admirables travaux de M. le Dr Mélier sur les marais salants, la question des eaux mères a été parfaitement étudiée et est venue enrichir la thérapeutique française d'un de ses agents les plus précieux. C'est à M. le Dr Leroy-Dupré, directeur de l'établissement hydrothérapique du Croisic, que revient l'honneur d'avoir administré pour la première fois en France, et dans les conditions les plus favorables, ces eaux mères dont l'efficacité est tellement puissante qu'elles peuvent être aujourd'hui regardées comme le spécifique de la scrofule et de ses manifestations si diverses. On les indique également pour l'anémie, la chlorose, la syphilis secondaire et tertiaire, les paralysies, les rhumatismes, ainsi que les maladies causées par les armes à feu.

L'eau mère, rendue transportable par une nouvelle condensation, amenée à une forme à peu près solide, pourrait s'employer dans tous nos Néothermes. Elle transforme en un bain efficace le bain d'eau douce ordinaire, et peut servir à des cures entières tant dans nos villes de l'intérieur que dans les campagnes, dans celles surtout où règnent endémiquement la scrofule, le rachitisme, le goître et le crétinisme. C'est en vue de l'application médicale de ces eaux mères qu'un magnifique établissement thermal a été fondé à Salins, dans le Jura ; qu'un autre se prépare dans les Basses-Pyrénées. A Aix, en Provence ; à Dieppe, à Royan, on prépare également aujourd'hui des bains d'eaux mères comme au Croisic. De quel bienfait la Société des Néothermes du Prince impérial ne doterait-elle pas nos classes laborieuses, nos soldats, nos marins, si elle organisait des établissements sanitaires hospitaliers sur le littoral de l'Océan, de la Méditerranée et de l'Algérie, dans les localités mêmes où on fabrique le sel, et si de ces établissements elle pouvait diriger à prix réduits, sur tous les Néothermes de l'intérieur, ces eaux mères dont les vertus thérapeutiques sont égales à celles tant vantées de Creuznach et de Nauheim.

L'analogie que présente les eaux mères de notre littoral avec ces dernières eaux d'Allemagne, comme avec celles que nous possédons en France, à Bourbonne et à Bourbon-l'Archambault, où, chaque année, le gouvernement envoie de tous les points de la France et de l'Algérie, et à grands frais, des officiers de toutes armes, des militaires et des marins qui trouvent dans ces eaux la guérison et la santé, a fait penser à M. le Dr Leroy-Dupré que l'administration pourrait aussi réaliser de grandes économies en envoyant ses malades aux eaux mères du littoral le plus voisin. Quel succès pour la Société des Néothermes du Prince impérial d'avoir à offrir à tous ces malades des établissements parfaitement convenables, si bien placés à la portée de tous, et particulièrement des pauvres blessés que les départements de la guerre et de la marine pourraient faire débarquer dans les établissements mêmes des eaux mères, évitant ainsi à ces militaires des fatigues quelquefois pires que la maladie. Ces sujets trouveraient, de plus, dans l'air marin des salines des conditions heureuses de climatologie, et leur séjour dans les hôpitaux en serait abrégé.

En invitant la Société des Néothermes du Prince impérial à créer de suite les établissements sanitaires hospitaliers dans les salines du littoral, nous croyons aller au-devant des vœux du corps médical tout entier, à la tête duquel nous citerons ici deux hommes dont la compétence et l'autorité ne seront contestées par personne : l'un, M. le Dr Mélier, ancien président de l'Académie impériale de médecine, inspecteur général des services sanitaires civils et des eaux minérales de France ; l'autre, M. le Dr J. Cloquet, membre de l'Institut et de l'Académie, ancien professeur à l'École de médecine de Paris, qui tous deux ont expérimenté les propriétés médicales des résidus de nos salines et qui en ont démontré les immenses ressources thérapeutiques.

Influence de l'air marin sur l'organisme.

L'inhalation de l'air marin est une des plus précieuses ressources du traitement par la mer. Qu'il nous soit donc permis de dire ici quelques mots de l'atmosphère marine dans laquelle les personnes que la Société des Néothermes du Prince impérial dirigerait sur ces établissements sanitaires seraient appelées à vivre pendant la durée de leur traitement.

Bien que l'air atmosphérique du littoral ne soit pas plus riche en oxigène que celui de l'intérieur des terres, il a néanmoins plus de densité. Il est en outre meilleur, parce qu'il est d'une grande pureté, et souvent il renferme une certaine quantité de chlorure de sodium.

Les brises régulières continuent à stimuler l'organisme et à lui donner du ton, et la presque totalité des personnes qui se rendent sur le bord de la mer ne tardent pas à s'apercevoir qu'elles respirent plus largement, plus profondément et sans fatigue. L'appétit augmente, l'hématose devient plus riche, la peau elle-même acquiert une tonicité qui lui donne plus de résistance aux variations atmosphériques.

Nous savons que l'atmosphère marine a été accusée, il y a sept ans, par un professeur très-distingué de nos écoles de médecines navales, le docteur Jules Rochard ; mais nous faisons partie du très-grand nombre de ses confrères qui, tout en rendant hommage au talent de l'auteur, n'ont jamais admis ses conclusions. Pour notre part, et après avoir parcouru plus de 90,000 lieues sur les océans du globe, de Brest à la Nouvelle-Hollande et de Taïti à Sébastopol ; après avoir passé la plus grande partie de notre vie dans les différents climats maritimes et observé sérieusement, pendant près de vingt ans, les influences des émanations marines sur l'homme, nous déclarons, avec toute l'énergie de nos convictions (qu'*à part certaines contre-indications, qui sont aujourd'hui connues et admises par tous les médecins*), il n'existe rien, absolument rien, qui puisse faire seulement suspecter l'air marin.

Nous sommes donc bien certain que ces légions d'enfants, de femmes, de jeunes gens, à constitutions chétives, lymphatiques ou scrofuleuses, que l'on dirigera chaque année sur les stations maritimes des Néothermes du Prince impérial, en reviendront avec des santés raffermies ou tout à fait florissantes, et surtout régénérées complétement, pour la plus grande gloire de cette œuvre philanthropique et de la société moderne.

De la gymnastique et de l'entraînement comme adjuvant du traitement administré dans les Néothermes du Prince impérial.

Qu'il nous soit permis, en finissant, de faire valoir quelques considérations en faveur de deux moyens hygiéniques si propres à favoriser le traitement qui sera administré tant dans les Néothermes de l'intérieur de la France et de l'Algérie, que dans ceux de notre littoral de l'Océan et de la Méditerranée, à savoir : la gymnastique médicale et l'entraînement.

Gymnastique médicale.

La gymnastique a bien obtenu quelques succès en France, mais elle est loin d'avoir passé dans nos mœurs. Depuis que le colonel Amoros a introduit la gymnastique dans les corps de l'armée française, cet art n'a cessé de produire des résultats de plus en plus merveilleux. On en est arrivé aujourd'hui à dépasser presque les bornes du possible, ainsi qu'on peut s'en convaincre journellement en assistant aux mille exercices variés et surprenants qu'exécutent nos soldats à l'Ecole normale de gymnastique de la Faisanderie, près de Vincennes. Nous ne saurions qu'applaudir à de pareils résultats ; mais la gymnastique que nous voudrions voir se populariser en France, et particulièrement dans les Néothermes du Prince impérial, serait la gymnastique médicale si appréciée de l'antiquité, reprise en Suède, en Allemagne, et qui n'existe en France qu'à l'état d'heureuse exception. Ici chaque système, chaque organe, chaque muscle, chaque élément d'action d'un système, d'un organe, est mis en activité isolément, ou suivant certaines combinaisons connues et voulues et suivant chaque mode d'activité dont chacun est susceptible. Notre gymnastique actuelle ressemble à l'ancienne thérapeutique, qui prescrivait un gros volume de bois en poudre, qu'on était obligé d'avaler à la place d'un tout petit volume de quinine.

L'analyse physiologique, appliquée à la gymnastique, rendra le même service à la médecine que l'analyse chimique à la pharmacie. Seulement, comme l'analyse des organes n'est abordable qu'à l'anatomiste ou au physiologiste, il est clair que la gymnastique médicale ne peut être créée et popularisée que par des médecins.

Hatons-nous donc d'emprunter à la Suède sa gymnastique médicale et d'en faire profiter l'institution des Néothermes du Prince impérial.

L'Entraînement.

Parmi les pratiques très-rationnelles et qui nous semblent cependant bizarres, il faut signaler l'entraînement, ou l'art de modifier les formes vivantes par le régime. C'est ce puissant moyen hygiénique que nous voudrions voir s'établir en France sur la plus vaste échelle.

En effet, s'il existe aujourd'hui une vérité incontestable, c'est à coup sûr la puissance de l'entraînement. Cet art consiste, comme on le sait, à s'emparer, en quelque façon, du mouvement nutritif, à le diriger méthodiquement et dans un but déterminé, à changer tantôt dans un sens, tantôt dans un autre, la structure intime des organes, sans employer d'autre moyen que le régime.

Qui n'entrevoit du premier coup d'œil tout le parti que la Société des Néothermes du Prince impérial aurait à tirer de cette méthode rationnelle et scientifique, alors que l'hygiène publique se sera tout à fait emparée des méthodes de l'entraînement, qu'elle les aura éclairées, dirigées par une attentive et minutieuse observation. Qui n'entrevoit combien de formes ou de degrés divers de santé seraient heureusement modifiés dans nos Néothermes, si on y ajoutait l'installation de ce régime systématique qui n'exigerait, d'un côté, qu'une surveillance active et intelligente, et, de l'autre, que de la patience et de la soumission. Combien aussi d'états morbides contre lesquels la thérapeutique épuise en vain toutes ses ressources, qui pourraient enfin trouver un traitement curatif, peut-être un spécifique.

Nous avons l'intime conviction que si la Société des Néothermes du Prince impérial venait à mettre ce moyen en ligne de compte, il en surgirait des découvertes aussi utiles qu'inattendues et qui nous permettraient de consolider et de perfectionner des santés avec autant de certitude qu'on peut en espérer, lorsqu'il s'agit d'un être vivant.

Nous sommes persuadé que c'est une des voies dans lesquelles on doit s'engager pour combattre efficacement la dégénérescence des races, rendre moins fréquente la mort prématurée, refaire l'adolescence et retarder la vieillesse.

Une volonté ferme et persévérante pourrait seule faire atteindre ce but à la Société des Néothermes du Prince impérial, et, ici comme toujours, nous mettons toute notre confiance dans la volonté de l'Empereur.

CONCLUSIONS.

Nous avons essayé de démontrer dans ce Mémoire quel immense intérêt s'attache à la création de la Société des Néothermes du Prince impérial en faveur des classes dites laborieuses, des militaires et des marins. Nous nous sommes efforcé de prouver que cette institution venait compléter l'immense synthèse résolue par le gouvernement de l'Empereur, en travaillant de la manière la plus efficace à la régénérescence des races, et en reconstituant la santé publique, *ab imis fundamentis*, suivant l'éloquente expression du grand chancelier Bacon.

Nous avons dit que les moyens d'arriver à ce but si louable, si difficile, et qu'un gouvernement aussi fort que le nôtre peut seul entreprendre, étaient d'utiliser et de populariser les médications externes dont la supériorité a été reconnue par la science, et qui sont aujourd'hui (en dehors des ressources que nous offre l'assistance publique aux eaux minérales) : 1° l'hydrothérapie rationnelle et scientifique ; 2° les bains de vapeur térébenthinés, combinés ou non à l'hydrothérapie ; 3° la médication minérale par la mer, comprenant : l'inhalation de l'air marin, le bain de mer et l'hydrothérapie marine, l'eau de mer à l'intérieur et les bains d'eaux mères de nos salines ; 4° la gymnastique médicale et l'entraînement. Nous avons divisé les établissements sanitaires appelés à administrer et à populariser ces moyens en deux grandes classes : 1° ceux de l'intérieur de nos Départements, de la Corse et de l'Algérie ; 2° ceux de notre littoral de la Manche et de l'Océan, de la Méditerranée, de la Corse et de l'Algérie.

Dans les premiers, établis dans tous les chefs-lieux de préfecture, de sous-préfectures, de cantons et de communes importantes, d'usines de grands centres manufacturiers, comme dans les quartiers des départements de la guerre, les cayennes de la marine ou les camps permanents de Châlons et Sathonay, on administrerait l'hydrothérapie, les bains de vapeur térébenthinés, combinés ou non à l'hydrothérapie, auxquels on ajouterait, suivant les indications, l'usage de l'eau de mer en boisson, et surtout celui des bains d'eaux mères de nos salines, importées à prix réduit par les chemins de fer ; enfin, la gymnastique et l'entraînement.

Dans les seconds, appelés Néothermes de la marine ou du littoral, seraient administrés les bains de mer, l'hydrothérapie sous toutes ses formes, les bains de vapeur térébenthinés, l'eau de mer à l'intérieur, les bains d'eaux mères de nos salines, ainsi que les bains ordinaires joints à l'inhalation de l'air marin, et aux moyens adjuvants que nous venons de citer.

Dans ces derniers établissements sanitaires, nous reconnaîtrions plusieurs divisions. La première comprendrait ces établissements *temporaires*, pour la belle saison seulement, où viendraient prendre le bain de mer, refaire leur santé et reprendre des forces, cette immense classe de nos ouvriers des villes et des campagnes, les membres si nombreux des sociétés de secours mutuels, les indigents, ainsi que les jeunes soldats envoyés par les départements de la guerre et de la marine.

La seconde division comprendrait les établissements *permanents* établis près des eaux mères de nos salines, et qui, remplissant le même but que les hôpitaux de Bourbonne et de Bourbon-l'Archambault, où l'on traite avec tant de succès les scrofules, les paralysies, les rhumatismes, les maladies causées par les armes à feu, recevraient un contingent spécial de malades provenant tant de l'administration de l'assistance publique que de celles des départements de la guerre et de la marine.

La troisième division, enfin, d'établissements également permanents serait spécialement consacrée à la première et à la seconde enfance.

Une subdivision comprendrait les établissements qui ne s'occuperaient exclusivement que du traitement marin.

Une autre subdivision, développée sur une échelle aussi large que possible, et particulièrement dans tous les ports de guerre et de commerce les plus importants, s'occuperait du traitement marin, combiné à une première éducation nautique à donner aux enfants de 6 à 14 ans.

Ces sujets seraient recrutés en partie dans l'immense classe des enfants assistés qui encombrent nos hôpitaux et nos asiles, en partie parmi les enfants des pauvres ou des ouvriers qui en feraient la demande. Ils recevraient dans les établissements sanitaires maritimes tous les soins propres à refaire leur constitution dégénérée ; mais, de plus, en face de ces établissements sanitaires, seraient mouillés à une certaine distance de terre, dans les ports ou sur les rades voisines, des pontons de la marine impériale, véritables corvettes-écoles, à bord desquels ces enfants, bien qu'en cours de traitement, recevraient une véritable éducation nautique.

Là se formerait, par les soins intelligents d'une administration supérieure, une vaste pépinière de mousses et de novices, dans laquelle le commerce et l'Etat pourraient puiser à pleines mains, tant pour le développement des pêches côtières, du cabotage et des voyages au long cours, que pour le service de nos flottes appelées à reconquérir bientôt l'empire des mers.

Il nous resterait à esquisser ici toutes les indications et contre-indications des médications employées dans les Néothermes du Prince impérial, ainsi qu'à résumer les plans généraux et l'économie intérieure de ces Etablissements sanitaires, mais ce serait empiéter sur le rôle des médecins-inspecteurs et des ingénieurs auxquels seraient confiées la haute direction ainsi que la construction de ces asiles hospitaliers.

Nous insisterons seulement sur une condition fondamentale, à savoir l'indispensable nécessité, dans l'intérêt de la réussite et de la prospérité de cette œuvre philanthropique, de l'intervention médicale incessante près des Néothermes du Prince impérial. En effet, l'inexpérience des uns, l'imprudence des autres ne manqueraient pas d'amener des mécomptes ou des insuccès ; aussi conclurons-nous en votant pour que tous ces Néothermes, sans exception, soient placés sous la direction, la haute surveillance et le contrôle immédiat de médecins choisis soit dans l'administration de l'assistance publique, soit dans celles de la guerre ou de la marine.

Nous voudrions aussi démontrer par des chiffres quelles économies seraient réalisées, la première mise de fonds une fois liquidée, tant par l'Assistance que par les départements que nous venons de nommer, mais nous avons hâte de dire avant tout sur quelles puissances, sur quels souscripteurs nous comptons pour résoudre ce problème de la régénérescence des races et de la santé publique, un des plus considérables des temps modernes.

Nous comptons d'abord sur la généreuse initiative de l'Empereur, qui accueille et développe chaque jour toutes les institutions, toutes les mesures capables d'amener une amélioration dans l'existence de l'ouvrier comme du soldat, du laboureur comme de l'homme de mer ;

Nous comptons sur l'auguste patronage de l'Impératrice des Français, fondatrice de la Société du Prince impérial. « Sa Majesté, qui sait si bien approprier la charité à tous les besoins de l'infortune ou de l'indigence et leur présenter l'assistance sous des formes si ingénieuses et si délicates, ne saurait refuser son généreux appui à une Institution à laquelle serait attaché pour toujours le nom de son fils ; »

Nous comptons sur la haute bienveillance de toute la Famille impériale, des Ministres, des grands corps de l'Etat ;

Nous comptons sur le zèle et l'appui de tout le Corps médical à la tête duquel nous placerons ici les 5,000 médecins qui composent déjà l'Association générale des médecins de France ;

Nous comptons également sur tous les conseils d'hygiène des départements, si heureusement représentés par le Comité d'hygiène publique établi près le ministère de l'agriculture, du commerce et des travaux publics ;

Nous comptons sur la Magistrature, qui ne manquerait pas d'accorder l'autorité de son concours à une œuvre immense qui, en régénérant l'homme physique et moral, lui donnerait moins d'occasions de le punir ;

Nous comptons sur les généreuses souscriptions de tous les officiers de terre et de mer, sur celles du commerce, de l'agriculture et de l'industrie, sur celles de toutes les compagnies de chemin de fer, si intéressées à organiser à prix réduits des voyages d'aller et retour pour toutes les stations de l'intérieur comme pour toutes les stations maritimes des Néothermes du Prince impérial ;

Nous comptons sur les 600,000 membres qui composent aujourd'hui nos Sociétés de secours mutuels ;

Nous comptons encore sur les souscriptions des administrations départementales, sur celles de toutes les associations, de tous les bureaux de bienfaisance ;

Nous comptons enfin sur la charité publique, à laquelle on ne s'adresse jamais en vain dans ce grand pays.

SIRE,

Au milieu des préoccupations de la guerre d'Italie, sous la tente même où se préparaient les batailles de Magenta et de Solférino, Votre Majesté méditait et élaborait les grandes réformes qui devaient rendre plus accessibles aux masses le prix de certaines denrées, et qui, en dégrevant les matières premières, devaient mettre à la portée du plus grand nombre les objets de consommation les plus indispensables.

Votre sollicitude ne saurait se démentir, et au moment où Votre Majesté signe le traité de paix qui va nous ouvrir pour toujours les ports et les pays les plus beaux de la Cochinchine, au moment solennel où Elle dicte les ordres et trace les plans qui doivent, dans quelques jours d'ici, faire flotter le pavillon français sur Mexico, Votre Majesté, nous en avons l'intime conviction, saura trouver un instant pour jeter un regard bienveillant sur cette humble supplique et décréter un jour d'utilié publique la création des Néothermes du Prince impérial en faveur des ouvriers, des militaires et des marins, prouvant une fois de plus que l'Empereur Napoléon III est aussi jaloux de soulager l'infortune que de maintenir partout et toujours la dignité et la gloire de la France.

Je suis avec le plus profond respect,

SIRE,

De Votre Majesté,

Le très-humble, très-obéissant et très-fidèle serviteur et sujet.

MAXIMILIEN LALLOUR,

Docteur en médecine et en chirurgie, ex-chirurgien-major de la marine impériale, chirurgien de l'Hôtel-Dieu de Belleville-sur-Saône (Rhône).

Belleville-sur-Saône (Rhône), 29 juillet 1862.